LA

GUIRLANDE PRÉCIEUSE

DES DEMANDES ET DES RÉPONSES.

(*Extrait des Mémoires de l'Académie de Stanislas*, 1867.)

NANCY, IMPRIMERIE ORIENTALE DE Vᵉ RAYBOIS.

LA

GUIRLANDE PRÉCIEUSE

DES DEMANDES ET DES RÉPONSES

PUBLIÉE

EN SANSKRIT ET EN TIBÉTAIN
ET TRADUITE POUR LA PREMIÈRE FOIS EN FRANÇAIS

PAR

PH. ED. FOUCAUX

Professeur de Sanskrit au Collège de France,
Membre correspondant de l'Académie de Stanislas, Membre du Conseil
de la Société asiatique de Paris,
Membre correspondant de la Société orientale américaine,
Chevalier de la Légion d'honneur,
Commandeur de l'Ordre du Lion et du Soleil de Perse.

PARIS

MAISONNEUVE ET Cie, LIBRAIRES-ÉDITEURS,

15, QUAI VOLTAIRE

ANCIENNE MAISON TH. BARROIS.

—

1867

LA GUIRLANDE PRÉCIEUSE.

INTRODUCTION.

Ce n'est pas par une valeur littéraire de premier ordre que se recommande *La Guirlande de perles des demandes et des réponses*, imprimée ici pour la première fois en Europe. Ce n'est pas non plus par une originalité complète, car, parmi les sentences dialoguées dont elle se compose, il s'en trouve qui sont empruntées à des recueils plus anciens (1). Mais l'ouvrage offre de l'intérêt parce que c'est un des livres que les Brahmanes et les Bouddhistes ont également adoptés. Nous en avons une traduction tibétaine, dont il sera parlé tout à l'heure.

La Guirlande des demandes et des réponses est une espèce de catéchisme qui, s'il ne parlait pas souvent de la transmigration, pourrait convenir à tout le monde; et l'on comprend bien que la morale qui en fait le fond, soit acceptée par les Brahmanes et les Bouddhistes. Mais, au milieu de ces sentences qui ne touchent qu'à la morale, il s'en trouve une qu'un philosophe *védantiste* n'a pu présenter d'une manière absolue, surtout si c'était un des chefs de l'école, par exemple, Çankara Âtchârya, lequel serait précisément, d'après l'édition de Bombay, l'auteur du petit livre qui nous occupe.

(1) Voyez n°s 17, 21 et 64.

Nous trouvons en effet, au nº 5 : D. « Quelle est la semence » de l'arbre de la délivrance? — R. La science complète accom- » pagnée des œuvres. » Or, ceci est en contradiction avec les propres paroles de Çankara, qu'on lit dans l'Introduction qu'il a mise en tête de son commentaire sur la *Tchândôgya Oupani-chat* (1) : « Les actions sont enjointes seulement à celui qui est » ignorant, et non à celui qui a la conscience de la non-dua- » lité (2). En conséquence, on a dit : Tous ceux qui sont atta- » chés aux cérémonies émigrent dans les régions réservées à » la vertu ; celui qui se repose en Brahma atteint l'immortalité. »

Il est vrai que, pour les ignorants, qui ne peuvent arriver immédiatement à la contemplation de l'Etre suprême, Çankara admet les actions, comme un degré pour y parvenir dans un temps plus ou moins éloigné ; mais ce n'est là qu'une conces- sion à la faiblesse des intelligences. D'ailleurs, ceci ne serait pas plus d'accord avec le commencement du petit livre qu'on lui attribue : « Cette guirlande sans tache comprend toute » science et donne la délivrance et le calme » ; qu'il ne le serait avec la fin : « Cette guirlande fait briller dans les assemblées » des *Sages* mêmes. » Il ne s'agit donc pas des simples et des ignorants.

Il paraît difficile, d'après ce qui précède, de croire que le célèbre Çankara soit l'auteur de la *Guirlande des demandes et des réponses*. Ce petit livre semble plutôt une compilation faite par quelque érudit hindou, qui aura mis en tête de son opuscule un nom illustre pour lui donner plus d'autorité. Ces substitu- tions de noms d'auteur se présentent à chaque instant dans l'Inde ; et, pour n'en citer qu'un des plus connus, on peut dire

(1) Edit. de la *Biblioth. Indica*, texte p. 6 ; trad. anglaise, p. 5.
(2) C'est-à-dire celui qui croit que l'univers n'est qu'une émanation de Dieu et ne fait qu'un avec lui.

que si tous les livres attribués au célèbre Vyâsa étaient de lui, il aurait eu certes une rude besogne, rien que pour les écrire de sa main; car le *Mahâbhârata* et les *Pourânas* contiennent déjà, à eux seuls, deux millions de lignes environ.

En mettant la *Guirlande des demandes et des réponses* sous l'invocation de Çiva, l'auteur, quel qu'il soit, est d'accord avec Çankara; « car on sait que l'attachement de ce philosophe aux » rites du Çivaïsme fut porté au point qu'on fit de lui, après sa » mort, une incarnation de Çiva (1). »

Le nom de ce dieu est remplacé, dans l'invocation de la traduction tibétaine, par celui de *Mandjousri* (2), quoique le nom de Çiva, en tête d'un livre bouddique composé en sanscrit, n'eût d'ailleurs rien eu de surprenant; l'alliance du Bouddhisme et du Çivaïsme, au Kachemir et au Népâl, à une époque relativement moderne, étant un fait bien connu (3).

La version tibétaine de la *Praçnôttaramâlikâ* se trouve dans le *Tandjour*, c'est-à-dire dans la seconde partie de la grande collection bouddhique imprimée pour la première fois au Tibet vers le milieu du siècle dernier. Cette version a été publiée en 1858, avec une traduction allemande et des notes, par M. Anton Schiefner, membre de l'Académie des Sciences de Saint-Péterbourg.

En cherchant, dans la préface qui précède sa traduction, à retrouver, d'après le nom tibétain attribué à l'auteur du livre, le nom sanscrit original, M. Schiefner donne celui de Amôghô-

---

(1) Voy. dans le *Journal asiatique*, janvier 1866, p. 30 — : *Version commentée de l'Atmabôdha de Sankara Atchârya*, par M. F. Nève.

(2) L'un des saints les plus révérés du bouddhisme, appelé aussi Mandjougôcha. Voy. *Lotus de la bonne Loi*, trad. par Eug. Burnouf, p. 498 et suiv.

(3) Voy. *Introd. à l'Hist. du Bouddhisme indien*, par Eug. Burnouf,
p. 540-554.

daya, qui correspondrait exactement à l'énoncé tibétain. Mais ce nom étant jusqu'ici complétement inconnu dans l'histoire de l'Inde ancienne, le traducteur allemand se demande s'il n'est pas une variante de l'un de ceux-ci : Amôghabhoûti, Amôghasiddha, Amôghavadjra, Amôgharâdja, tous connus dans l'histoire du Bouddhisme (1).

En comparant la version tibétaine qui est en vers, au texte sanskrit qui est en prose, on voit qu'elle est beaucoup plus développée, ce qui était inévitable à cause de l'exigence de la mesure. Ceci porterait à croire que le nom donné dans la traduction tibétaine à l'auteur de la *Guirlande des demandes et des réponses* n'est que celui du poëte qui a traduit en vers la prose sanskrite.

Quant à Çankara-Âtcharya, fût-il le véritable auteur de la *Praçnôttaramâlikâ*, il ne faudrait pas s'étonner de voir un autre nom que le sien mis en tête du livre par le poëte bouddhiste. Çankara fut l'un des plus redoutables adversaires des disciples du Bouddha; et l'adoption de l'un de ses ouvrages par ces derniers, même en l'attribuant à un autre, serait encore un exemple remarquable de l'oubli des injures, parfaitement d'accord, d'ailleurs, avec les préceptes du Bouddhisme.

La seule édition indienne de la *Praçnôttaramâlikâ* qui nous soit connue, est celle qui a été lithographiée à Bombay l'an 1782 de l'ère Saka (1860). Cette édition forme un petit cahier oblong de 19 pages, de la grandeur d'un in-8° ordinaire. En regard de la première page est un frontispice représentant le dieu Çiva

---

(1) Ceci était écrit avant que j'eusse reçu de Calcutta un manuscrit sanskrit de la *Praçnôttaramâlâ*, que je dois à l'obligeance du savant Râdjendralâl mittra. Ce manuscrit, copié sur le n° 2628 du *Catalogue des manuscrits sanskrits du Fort William*, publié en 1858 par J. Prinsep, attribue la composition de l'ouvrage au Gourou Asitapaṭa qui probablement appartenait à la secte des Djaïnas. Cela vient à l'appui de l'opinion que j'ai émise plus haut, p. 4. V. aussi p. 22, notes 1 et 2.

assis sur un tapis de peau de tigre et appuyé sur un coussin pareil. Il a, au milieu du front, un troisième œil dont les coins sont perpendiculaires, et quatre mains, l'une desquelles tient une petite hache et une autre le trident, son emblême. Les deux autres mains sont réunies sur sa poitrine couverte de colliers de perles ; son corps est entouré, comme d'une ceinture, par un serpent, symbole de l'éternité ; devant lui sont trois personnages, sans doute, Çankara et deux de ses disciples.

Nous avons reproduit fidélement le texte sanskrit, qui se trouve répété deux fois dans l'édition de Bombay ; la première fois seul, la seconde avec une paraphrase Mahratte mise en regard, sous le nom de *Prâkrit* « langue vulgaire ». Nous avons laissé de côté cette paraphrase, qui eût offert peu d'intérêt à des lecteurs Européens.

॥ प्रश्नोत्तररत्नमालिका ॥

॥ श्रीगणेशाय नमः ॥

प्रणिपत्य महादेवं प्रश्नोत्तररत्नपद्धतिं वक्ष्ये
नागनरामरवन्द्यां सर्वज्ञं मोक्तं शास्त्रम् ।
कः खलु नाल्लङ्क्रियते दृष्टादृष्टार्थसाधनपटीयान्
अमुया कण्ठस्थितया प्रश्नोत्तररत्नमालिकया ॥

प्रश्नः ॥ भगवन् किमुपादेयं ।

उत्तरं ॥ गुरुवचनं ॥ १ ॥

प्र० ॥ हेयमपि च किं ।

उ० ॥ अकार्यं ॥ २ ॥

प्र॰ ॥ को गुरुः ।

उ॰ ॥ अधिगततत्त्वः सर्वहितायोद्यतः सततम् ॥ ३ ॥

प्र॰ ॥ हरितं किं कर्त्तव्यं विदुषा ।

उ॰ ॥ संसारसंततिच्छेदः ॥ ४ ॥

प्र॰ ॥ किं मोक्ततरोर्बीजं ।

उ॰ ॥ सम्यक्ज्ञानं क्रियासहितं ॥ ५ ॥

प्र॰ ॥ किं पथ्यतरं ।

उ॰ ॥ धर्मः ॥ ६ ॥

प्र॰ ॥ कः शुचिरिह ।

उ॰ ॥ यस्य मानसं शुद्धं ॥ ७ ॥

प्र॰ ॥ कः पण्डितः ।

उ॰ ॥ विवेकी ॥ ८ ॥

प्र॰ ॥ किं विषं ।

उ॰ ॥ अवधीरिता गुरवः ॥ ९ ॥

प्र॰ ॥ संसारे किं सारं ।

उ॰ ॥ बहुशो ऽपि विाचत्यमानमिटमेव

मनुजेषु दृष्टत्वं स्वपरहितायोद्यतं जन्म ॥ १० ॥

प्र॰ ॥ मदिरेव मोहजनकः कः ।

उ॰ ॥ स्नेहः ॥ ११ ॥

प्र॰ ॥ के च दस्यवः ।

उ॰ विषयाः ॥ १२ ॥

प्र॰ ॥ का भववल्ली ।

उ॰ ॥ तृष्णा ॥ १३ ॥

प्र॰ ॥ को वैरी ।

उ॰ ॥ यस् अनुद्योगः ॥ १४ ॥

प्र॰ ॥ कस्माद् भयमिह ।

उ॰ ॥ मरणात् ॥ १५ ॥

प्र॰ ॥ श्रन्धादपि को विशिष्यते ।

उ॰ ॥ रागी ॥ १६ ॥

प्र॰ ॥ कः शूरः ।

उ॰ ॥ यो ललनालोचनवाणैर् न विव्यथितः ॥ १७ ॥

प्र॰ ॥ यातुं कर्णाञ्जलिभिः किममृतमिव सूयते ।

उ॰ ॥ सदुपदेशः ॥ १८ ॥

प्र॰ ॥ किं गुरुताया मूलं ।

उ॰ ॥ यदेतद्प्रार्थनं नाम ॥ १९ ॥

प्र॰ ॥ किं गह्नं ।

उ॰ ॥ स्वोचरितं ॥ २० ॥

प्र॰ ॥ कश्चातुरः ।

उ॰ ॥ यो न खणिडतस् तेन ॥ २१ ॥

प्र॰ ॥ किं दारिद्रं ।

उ॰ ॥ ब्रतोषः ॥ २२ ॥

प्र० ॥ किं लघुतामूलकं ।

उ० ॥ याच्ञा ॥ २३ ॥

प्र० ॥ किं जीवितं ।

उ० ॥ अनवद्यं ॥ २४ ॥

प्र० ॥ किं जाड्यं ।

उ० ॥ पाठेऽप्यनभ्यासः ॥ २५ ॥

प्र० ॥ को जागर्ति ।

उ० ॥ विवेकी ॥ २६ ॥

प्र० ॥ का निद्रा ।

उ० ॥ मूढता जन्तोः ॥ २७ ॥

प्र० ॥ नलिनीदलगतजलवत् तरलं किं ।

उ० ॥ यौवनं धनमथायुः ॥ २८ ॥

प्र० ॥ के शशधरकरनिकरानुकारिणः ।

उ० ॥ सज्जना एव ॥ २९ ॥

प्र॰ ॥ को नरकः ।

उ॰ ॥ परवशता ॥ ३० ॥

प्र॰ ॥ किं सौख्यं ।

उ॰ ॥ सर्वसंगविरतिर्या ॥ ३१ ॥

प्र॰ ॥ किं साध्यं ।

उ॰ ॥ भूतहितं ॥ ३२ ॥

प्र॰ ॥ किं प्रेयः प्राणिनां ।

उ॰ ॥ असवः ॥ ३३ ॥

प्र॰ ॥ किं दानं ।

उ॰ ॥ अनाकाङ्क्षं ॥ ३४ ॥

प्र॰ ॥ किं मित्रं ।

उ॰ ॥ यन् निवारयति पापात् ॥ ३५ ॥

प्र॰ ॥ को ऽलङ्कारः ।

उ॰ ॥ शीलं ॥ ३६ ॥

प्र॰ ॥ किं वाचां मएउनं ।

प्र॰ ॥ सत्यं ॥ ३७ ॥

प्र॰ ॥ किमनर्थफलं ।

उ॰ ॥ मानसमसंयतं ॥ ३८ ॥

प्र॰ ॥ का सुखावहा ।

उ॰ ॥ मैत्री ॥ ३९ ॥

प्र॰ ॥ सर्वव्यसनविनाशे को दक्षः ।

उ॰ ॥ सर्वथा परित्यागी ॥ ४० ॥

प्र॰ ॥ काऽन्धः ।

उ॰ ॥ योऽकार्यरतः ॥ ४१ ॥

प्र॰ ॥ को बधिरः ।

उ॰ ॥ यः शृणोति न हितानि ॥ ४२ ॥

प्र॰ ॥ को मूकः ।

उ॰ ॥ यः काले प्रियाणि वक्तुं न जानाति ॥ ४३ ॥

प्र० ॥ किं मरणं ।

उ० ॥ मूर्खत्वं ॥ ४४ ॥

प्र० ॥ किं चानर्घ्यं ।

उ० ॥ यदवसरे दत्तं ॥ ४५ ॥

प्र० ॥ आमरणात् किं शल्यं ।

उ० ॥ प्रच्छन्नं यत्कृतमकार्यं ॥ ४६ ॥

प्र० ॥ कुत्र विधेयो यत्नो ।

उ० ॥ विद्याभ्यासे सदौषधे दाने ॥ ४७ ॥

प्र० ॥ श्ववधीरणा क कार्या ।

उ० ॥ खलपरयोषित्यर्थधनेषु ॥ ४८ ॥

प्र० ॥ का कान्तिमनुचित्या ।

उ० ॥ संसारासारता न तु प्रमदा ॥ ४९ ॥

प्र० ॥ का प्रेयसी विधेया ॥

उ० ॥ करुणा दाक्षिण्यमथ मैत्री ॥ ५० ॥

प्र॰ ॥ कणगतिरप्यसुभिः कस्यात्मा नोपसर्प्यते ज्ञातु ।

उ॰ ॥ मूर्खस्य विषादस्य च गर्वस्य तथा कृतघ्नस्य ॥ ५१ ॥

प्र॰ ॥ कः पूज्यः ।

उ॰ ॥ सद्‌वृत्तः ॥ ५२ ॥

प्र॰ ॥ कमधममाचक्षते ।

उ॰ ॥ चलितवृत्तं ॥ ५३ ॥

प्र॰ ॥ केन जितं जगदेतत् ।

उ॰ ॥ सत्यतितिक्षावता पुंसा ॥ ५४ ॥

प्र॰ ॥ कस्मै नमः सुरैरपि सुतरां क्रियते ।

उ॰ ॥ दयाप्रधानाय ॥ ५५ ॥

प्र॰ ॥ कस्मादुद्विजितव्यं ।

उ॰ ॥ संसारारण्यतः सुधिया ॥ ५६ ॥

प्र॰ ॥ कस्य वशे प्राणिगणः ।

उ॰ ॥ सत्यप्रियभाषिणो विनीतस्य ॥ ५७ ॥

प्र॰ ॥ क्व स्थातव्यं ।

उ॰ ॥ न्याय्ये पथि दृष्टादृष्टलाभाय ॥ ५८ ॥

प्र॰ ॥ विद्युद्विलसितचपलं किं ।

उ॰ ॥ दुर्जनसंगतिर्युवतयश्च ॥ ५९ ॥

प्र॰ ॥ कुत्सशीलनिष्प्रकंपाः के कलिकाले ८ पि ।

उ॰ ॥ सत्पुरुषाः ॥ ६० ॥

प्र॰ ॥ किं शोच्यं ।

उ॰ ॥ कार्पण्यं ॥ ६१ ॥

प्र॰ ॥ सति विभवे किं प्रशस्यं ।

उ॰ ॥ औदार्यं न तु गतवित्तस्य तथा प्रभविष्णोर्यत्सन्द्विष्णुवं ॥ ६२ ॥

प्र॰ ॥ चिन्तामणिरिव दुर्लभमिह किं ।

उ॰ ॥ कथयामि ननु चतुर्भद्रं ॥ ६३ ॥

प्र॰ ॥ किं तद् वदन्ति भूयोऽविधुतमनसो विशेषेण ।

उ॰ ॥ दानं प्रियवाक्सहितं । ज्ञानमगर्वं । क्षमान्वितं शौर्यं । वित्तं त्यागसमेतं । दुर्लभमेतद् चतुर्भद्रं ॥ ६४ ॥

इति कण्ठगता विमलप्रश्नोत्तररत्नमालिका येषां ते मुक्ताभरणा श्रव्य विभाति विद्वत्समाजेषु ।।

रचिता शंकरगुरुणा विमला विमलेन रत्नमालेयं प्रश्नोत्तररत्नमयी कण्ठगता कं न भूषयति ।।

इति श्रीशंकराचार्यविरचिता प्रश्नोत्तररत्नमालिका संपूर्णा ॥ ॥

LA GUIRLANDE PRÉCIEUSE

Des demandes et des réponses.

ADORATION AU VÉNÉRABLE GANÊÇA (1).

Après m'être prosterné devant Mahâdêva (Çi-va) (2), je dirai cette suite de perles de demandes et de réponses, digne d'être louée par les dieux, les hommes et les Nâgas (3), comprenant toute science, donnant la délivrance et le calme. Quel est-il, l'homme habile à faire arriver au but du visible et de l'invisible, qui n'est pas orné par cette guirlande de perles de demandes et de réponses, posée à son cou !

---

(1) Le manuscrit de Calcutta a ici, au lieu du nom de Ganêça, celui de Pârçwanâtha, qui doit appartenir à un personnage révéré parmi les Djaïnas, car le dictionnaire de Wilson, où l'on ne trouve pas le composé Pârçwanâtha, « Protecteur de Pârçwa », donne le nom de Pârçwa comme celui d'un pontife de la secte des Djaïnas (1).

(2) Le manuscrit de Calcutta remplace Mahâdêva par « Le meilleur entre les premiers des Djinas ».

(3) Etres fabuleux, espèce de serpents à figure humaine, habitants la région infernale appelée Pâtâla.

(1) *Pârçwanaťa* peut signifier aussi « *protecteur immédiat, protecteur universel* ; de l'adj. *pârçwa*, et de *nâťa*. V. le *Dict Burnouf et Leupol*.

Demande. — O Bhagavat, qu'est-ce qu'il faut comprendre?

Réponse. — La parole du précepteur spirituel (gourou). ‖ 1 ‖

D. Et qu'est-ce qu'il faut éviter?

R. Ce qui ne doit pas être fait. ‖ 2 ‖

D. Qui est un précepteur spirituel (gourou)?

R. Celui qui, ayant compris l'essence des choses, cherche toujours à être utile aux créatures. ‖ 3 ‖

D. Qu'est-ce qui doit être, au plus vite, fait par le sage (1)?

R. L'interruption de la continuité des transmigrations. ‖ 4 ‖

D. Quelle est la semence de l'arbre (2) de la délivrance?

R. La science complète accompagnée des œuvres. ‖ 5 ‖

D. Qu'est-ce qu'il y a de plus profitable?

R. La vertu. ‖ 6 ‖

---

(1) La version tibétaine dit : « *appris* par le sage ». Ce serait alors en sanskrit : *véditavyam.*

(2) La version tibétaine dit : Quel est le champ de la semence de la délivrance »? Ce qui doit être une erreur de lecture : *jing* « champ » au lieu de *ching* « arbre ».

D. Qui est pur ici-bas?

R. Celui dont l'esprit est pur. ‖ 7 ‖

D. Qui est savant?

R. Celui qui est doué de discernement. ‖ 8 ‖

D. Qui est un poison?

R. Celui qui jette le blâme sur les précepteurs (spirituels). ‖ 9 ‖

D. Dans le monde de la transmigration qu'est-ce qui est l'essence?

R. C'est cette naissance même parmi les hommes, sur laquelle il faut bien méditer, et qui, ayant la vue de la vérité, s'efforce d'être utile à soi et aux autres (1). ‖ 10 ‖

---

(1) Cette réponse semble se rapporter à l'opinion toute bouddhique que la condition humaine est la seule où l'on puisse devenir un Bouddha, et, en cette qualité, être utile à soi et aux autres. Les Brâhmanes, qui croient aussi que la naissance parmi les hommes conduit plus directement à la délivrance finale, admettent cependant que les êtres qui sont au-dessus de l'humanité peuvent très-bien, sans revenir à la condition humaine, se livrer aux études sacrées, qui les conduiront à être absorbés en Brahma.

Le texte tibétain fait deux demandes et deux réponses du n° 10 :

Demande. — « Dans le monde de la transmigration qu'est-ce qui est l'essence?...

Réponse. — La considération attentive du vrai sens. »

D. — « Quel est celui qui a obtenu l'essence humaine?

R. --- Celui qui s'efforce d'être utile à soi et aux autres. »

D. Qu'est-ce qui, comme une liqueur enivrante,
produit le trouble?

R. L'affection (la tendresse), ‖ 11 ‖

D. Qui sont les voleurs (1)?
R. Les objets des sens. ‖ 12 ‖

D. Quelle est la liane de l'existence?
R. Le désir (2). ‖ 13 ‖

D. Qui est un ennemi?
R. Celui qui ne fait aucun effort. ‖ 14 ‖

D. De quoi a-t-on peur ici-bas?
R. De la mort (Comp. n° 33.). ‖ 15 ‖

D. Qui est plus aveugle qu'un aveugle même?
R. Le passionné. ‖ 16 ‖

D. Qui est un héros?

---

(1) Les objets des sens sont appelés des voleurs, parce qu'ils
enlèvent à l'ascète, qui veut se livrer à la contemplation, une
partie de son attention ou même son attention tout entière.

Le texte sanskrit appelle ici les voleurs « Dasyous », nom qui
revient à chaque instant dans le *Rig-Véda*, en parlant des tribus
ennemies, toujours prêtes à troubler les sacrifices et à s'emparer
des biens des peuplades aryennes dont elles ne partageaient pas
les croyances.

(2) La perfection, suivant les bouddhistes et les brâhmanes,
c'est d'être détaché de tout. La délivrance finale ne peut s'obtenir
que par ce moyen ; tout désir est donc un lien qui vous retient
dans le cercle de la transmigration. (Comp. n° 31.)

R. Celui qui n'est pas blessé par les flèches du regard d'une belle femme (1). ‖ 17 ‖

D. Qu'est-ce qu'il est bon de boire (pour ainsi dire), par les ouvertures des oreilles, comme du nectar ?

R. Un bon conseil. ‖ 18 ‖

D. Quelle est la racine de la gravité ?

R. C'est l'abstention de toute demande (Comp. n° 23). ‖ 19 ‖

D. Qu'est-ce qui est inextricable ?

R. La conduite des femmes. ‖ 20 ‖

D. Qui est habile ?

R. Celui qui n'est pas troublé par cette conduite (2). ‖ 21 ‖

D. Qu'est-ce que la pauvreté ?

R. L'insatiabilité (3). ‖ 22 ‖

D. Quelle est la racine de la légèreté (4) ?

R. La mendicité (Comp. n° 18). ‖ 23 ‖

---

(1) Comp. *Bhartrihari*, II, 76.

(2) La version tibétaine n'a pas cette demande et cette réponse.

(3) Comp. *Bhartrihari*, III, 54.

(4) Ce n° 23, qui est la contre-partie du n° 19, serait traduit moins littéralement mais plus nettement en disant : « Quelle est la racine du manque de gravité ? etc. »

D. Qu'est-ce que la vie (1)?

R. Celle qui est irréprochable. ‖ 24 ‖

D. Qu'est-ce que la stupidité?

R. L'absence d'effort, même pour l'instruction. ‖ 25 ‖

D. Qui est éveillé?

R. Celui qui discerne. ‖ 26 ‖

D. Qu'est-ce qui est un (vrai) sommeil?

R. La folie d'un homme (2). ‖ 27 ‖

D. Qu'est-ce qui est instable comme la goutte d'eau
     tombée sur une feuille de lotus?

R. La jeunesse, la fortune, la vie. ‖ 28 ‖

D. Quels sont ceux qui imitent les rayons de la lune
     (par leur douceur)?

R. Les gens de bien. ‖ 29 ‖

D. Qu'est-ce qui est un enfer?

R. La dépendance d'un autre. ‖ 30 ‖

D. Qu'est-ce que le bonheur?

R. C'est l'absence de tout attachement (3). ‖ 31 ‖

---

(1) Le tibétain ajoute : « utile. »

(2) La paraphrase tibétaine des nᵒˢ 26 et 27 est plus nette :
« Qu'est-ce qui n'est pas endormi? — Celui qui, sans être troublé, sait discerner le vrai sens. »

« Qu'est-ce qui est endormi? — L'homme qui est tout troublé. »

(3) Comparez *Bhartrihâri*, III, 69.

D. Qu'est-ce qu'il faut pratiquer?

R. La bienfaisance envers les êtres. ‖ 32 ‖

D. Qu'est-ce qui est le plus cher aux créatures?

R. Le souffle vital (Comp. n° 15). ‖ 33 ‖

D. Qu'est-ce qui est un don (véritable)?

R. Celui pour lequel on n'attend pas de retour.
‖ 34 ‖

D. Qui est un ami?

R. Celui qui détourne du mal. ‖ 35 ‖

D. Qu'est-ce qui est un ornement?

R. La bonne conduite. ‖ 36 ‖

D. Quel est l'ornement des discours?

R. La vérité. ‖ 37 ‖

D. Qui produit des fruits inutiles?

R. L'esprit indiscipliné. ‖ 38 ‖

D. Qu'est-ce qui amène le plaisir?

R. L'amitié. ‖ 39 ‖

D. Qui est habile à détruire toute infortune?

R. Celui qui, en toute occasion, est prêt à donner. ‖ 40 ‖

D. Qui est aveugle (Comp. n° 15)?

R. Celui qui se plaît à ce qu'il ne faut pas faire.
‖ 41 ‖

D. Qui est sourd?

R. Celui qui n'écoute pas les bons conseils. ‖ 42 ‖

D. Qui est muet?

R. Celui qui, en temps (opportun), ne sait pas dire des choses agréables. ‖ 43 ‖

D. Qu'est-ce qui est comme la mort?

R. La stupidité. ‖ 44 ‖

D. Qu'est-ce qui est inappréciable?

R. Ce qui est donné à propos. ‖ 45 ‖

D. Qu'est–ce qui, jusqu'à la mort, est une flèche dans le cœur?

R. Ce qu'on a fait en secret et qui ne devait pas être fait. ‖ 46 ‖

D. A quoi doit–on appliquer ses efforts?

R. A la recherche de la science, à (trouver) de bons remèdes, à l'aumône. ‖ 47 ‖

D. Où doit–on montrer de l'éloignement?

R. Pour les méchants, les femmes des autres et les richesses des autres. ‖ 48 ‖ .

D. Quelle doit être la pensée du jour et de la nuit?

R. La vanité de la transmigration et non l'enivrement (du monde) (Comp. n° 4.). ‖ 49 ‖

D. Quelle est la meilleure devise?

R. Compassion, douceur, bienveillance. ‖ 50 ‖

D. Quel est celui dont l'esprit n'est jamais avec les paroles, quoiqu'elles sortent de son propre gosier?

R. Le fou, le faible, l'orgueilleux et l'ingrat. ‖ 51 ‖

D. Qui doit être honoré?

R. Celui qui se conduit bien. ‖ 52 ‖

D. Qu'est-ce qui est déclaré ce qu'il y a de plus bas?

R. Une conduite mobile. ‖ 53 ‖

D. Par qui ce monde est-il conquis?

R. Par l'homme véridique et patient (Comp. n° 57). ‖ 54 ‖

D. A qui de grands honneurs sont-ils rendus par les dieux eux-mêmes?

R. A celui qui se distingue par la miséricorde. ‖ 55 ‖

D. De quoi doit-on être affligé?

R. Le sage doit l'être de se trouver dans la forêt de la transmigration. ‖ 56 ‖

D. Au pouvoir de qui est la foule des êtres animés?

R. (Au pouvoir) de l'homme plein de douceur qui dit des paroles agréables et véridiques (Comp. n° 54). ‖ 57 ‖

D. Où faut-il se tenir?

R. Dans la route de la justice, pour obtenir le visible et l'invisible (1). ‖ 58 ‖

D. Qu'est-ce qui est mobile comme la flamme de l'éclair?

---

(1) C'est-à-dire ce qui appartient à ce monde et à l'autre monde.

R. L'association des méchants et les jeunes femmes. ‖ 59 ‖

D. Quels sont ceux qui sont inébranlables comme
une grande montagne, même au temps des
querelles?
R. Les hommes de bien. ‖ 60 ‖

D. Qu'est-ce qu'il faut plaindre?
R. L'indigence. ‖ 61 ‖

D. Quand l'adversité est venue, qu'est-ce qu'il faut
louer?
R. La dignité, mais pas autant que la patience du
puissant à l'égard de celui qui a perdu sa
fortune. ‖ 62 ‖

D. Qu'est-ce qui, comme la pierre Tchintamani (1)
est difficile à obtenir ici bas?
R. Je dis que c'est la réunion de quatre choses
excellentes. ‖ 63 ‖

D. Quelles sont ces quatre choses par excellence,
désignées par ceux dont l'esprit n'est pas
troublé?
R. L'aumône, accompagnée de bonnes paroles; la
science sans orgueil; l'héroïsme accompa-

---

(1) Talisman qui procure tout ce qu'on désire.

gné de patience; la richesse accompagnée de libéralité (1). ‖ 64 ‖

Cette guirlande sans tache, de demandes et de réponses, ceux au cou desquels elle est attachée, brillent dans les assemblées des sages, même quand ils ont déposé leurs ornements.

Cette précieuse guirlande sans tache, de demandes et de réponses, composée par le gourou sans tache, Çankara (2), quel est celui qu'elle ne pare pas si elle est attachée à son cou?

Ainsi est achevée la précieuse guirlande des demandes et des réponses, composée par le vénérable maître Çankara Átchârya.

---

(1) Cette phrase se trouve mot pour mot dans l'*Hitôpadêça*, édit. Lassen, I, 154.

La version tibétaine ne fait qu'une demande et une réponse des nos 63 et 64, et dit : « Quels sont, ici-bas, les quatre hommes excellents difficiles à trouver? » En lisant *skyes bou* « homme » au lieu de *nor bou* « pierre précieuse (mani) ». Elle finit par : « l'esprit accompagné du *yôga* (union avec l'Être suprême) », ce qui indique que le traducteur tibétain avait sous les yeux, ou a lu : *tchittam yôgasamêtam* au lieu de : *vittam tyâgasamêtam*.

(2) Le manuscrit de Calcutta met ici le nom de *Asilapaṭa* au lieu de : *Çankara*. V. p. 6, la note 1 et le passage auquel elle se rapporte.